INSTITUT DE FRANCE.

ACADÉMIE DES SCIENCES.

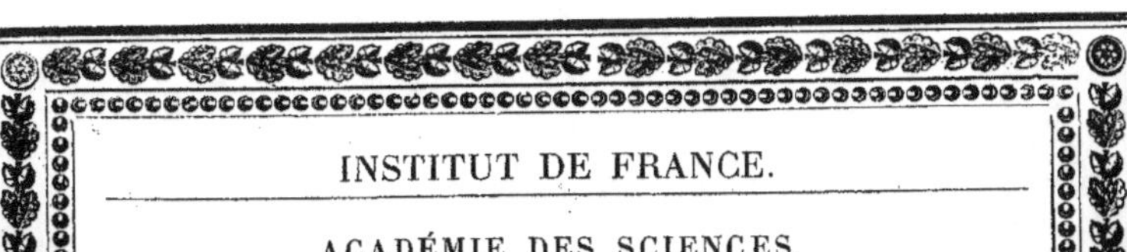

ÉLOGE

DE

GABRIEL LAMÉ

PAR

J. BERTRAND

SECRÉTAIRE PERPÉTUEL

Lu dans la séance publique du 28 janvier 1878.

PARIS

TYPOGRAPHIE DE FIRMIN-DIDOT ET Cie

IMPRIMEURS DE L'INSTITUT DE FRANCE, RUE JACOB, 56

M DCCC LXXVIII

4

INSTITUT DE FRANCE.

ACADÉMIE DES SCIENCES.

ÉLOGE

DE

GABRIEL LAMÉ

PAR

J. BERTRAND

SECRÉTAIRE PERPÉTUEL

Lu dans la séance publique du 28 janvier 1878.

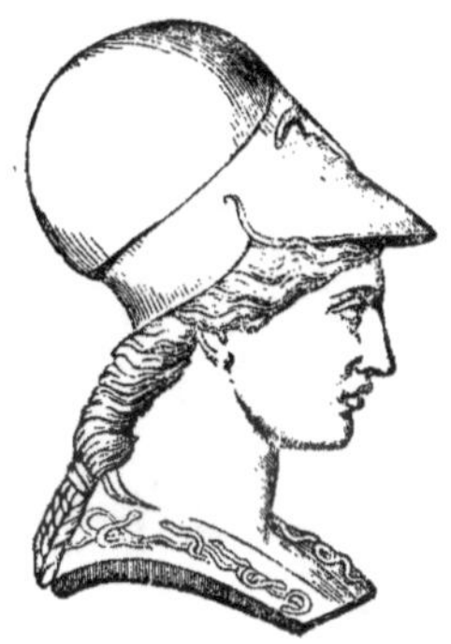

PARIS

TYPOGRAPHIE DE FIRMIN-DIDOT ET Cⁱᵉ

IMPRIMEURS DE L'INSTITUT DE FRANCE, RUE JACOB, 56

M DCCC LXXVIII

INSTITUT DE FRANCE.

ACADÉMIE DES SCIENCES.

ÉLOGE

DE

GABRIEL LAMÉ

PAR

J. BERTRAND

SECRÉTAIRE PERPÉTUEL

Lu dans la séance publique du 28 janvier 1878.

MESSIEURS,

Gabriel Lamé a mérité la louange la plus haute qu'on puisse décerner à un homme de science; en poursuivant la vérité avec ardeur, il n'a jamais désiré qu'elle; ni la recherche de la fortune ne l'a détourné de sa route, ni l'espoir d'un grand nom n'y a dirigé ses pas. Capable des théories les plus hautes comme des applications les plus minutieuses, il n'a voulu ni s'enfermer dans la pure abstraction, où de brillants débuts et un génie plus brillant encore lui auraient permis d'égaler les plus illustres, ni s'adonner à la pratique, où de premiers succès semblaient lui promettre, presque lui offrir, une fortune noblement acquise. Remonter vers la source des phénomènes physiques aussi haut que puisse atteindre l'intelligence humaine; rattacher à un même principe des vérités dont l'étroite liaison est trop évidente pour que les plus aveugles puissent la méconnaître, trop cachée cependant pour que les plus habiles osent la préciser; signaler, sans fausse modestie, l'harmonieux enchaînement de ses formules, comme un indice certain de la vérité entrevue; aller, avec franchise, au-devant des difficultés et des doutes, en pressant ses disciples de les éclaircir un jour, telle est la noble tâche à laquelle un des esprits les plus pénétrants et les plus élevés de notre époque a dépensé, avec une ardeur que l'âge semblait accroître, cinquante années d'ingénieuses méditations et de travaux solidement fondés.

Lamé naquit à Tours le 22 juillet 1795, 4 thermidor an III, comme on disait alors. La fortune étroite et mal assurée de sa famille ne permettait le superflu en aucun genre; la nourriture de l'esprit, comme celle du corps, était réduite au nécessaire: le jeune Gabriel fut envoyé à l'école. La nécessité des affaires ayant appelé son père à Paris, il suivit comme externe, avec un médiocre succès, les classes du lycée Louis-le-Grand. Pressé cependant d'utiliser le savoir acquis, il interrompit ses études, à l'âge de seize ans, pour entrer chez un homme de loi, M. Dupont. Tout en s'acquittant vite et bien d'un travail contraire à ses inclinations, le jeune Lamé ne pouvait y accommoder ses projets d'avenir. Au milieu des livres de chicane de son patron, il

rencontra par hasard la géométrie de Legendre : la séduction fut irrésistible. Un matin, sans prévenir et sans con-
sulter personne, il reprit en tremblant le chemin du lycée
et, mêlé à ses anciens condisciples, alla s'asseoir dans la
classe de mathématiques. M. Dupont, qui était un excellent
homme, fondant d'ailleurs peu d'espérances sur son dernier
clerc, garda le secret de ses absences ; mais le *Moniteur
officiel*, moins discret, en publiant à la fin de l'année les
noms des lauréats du concours général, apprit à M. Lamé
père l'escapade de son fils et la fit pardonner. Un an
après, Lamé entrait le troisième à l'École polytechnique.

Malgré les progrès accomplis, les jeunes gens, restés
jeunes comme au temps de Molière, n'avaient pas acquis
« toute la prudence qu'il aurait fallu pour ne rien faire que
de raisonnable ». La promotion de Lamé prit fait et cause
pour des camarades qui méritaient peut-être quelques jours
de salle de police : elle fut licenciée !

« Nous avions reconnu, dit l'ordonnance royale de licen-
« ciement, l'utilité de l'École polytechnique pour le progrès
« des sciences et des arts et l'amélioration des travaux
« publics : mais la désobéissance récente et générale de
« cette École aux ordres de ses chefs, en même temps
« qu'elle mérite une prompte répression et un exemple
« pour l'avenir, vient de nous prouver que ces élèves, s'ils
« étaient introduits dans les services publics, y porteraient
« l'esprit d'indiscipline dont ils sont animés. »

Les feuilles publiques, aujourd'hui, jugeraient une telle
mesure de très-haut, en bien ou en mal, suivant leurs
passions, leurs préjugés et surtout leur drapeau : précaution
nécessaire pour les unes et acte de sage prudence, elle

serait pour les autres une brutalité sans excuse. On s'exprimait moins librement en 1816; les journaux du temps publient le décret de dissolution sans commentaire. Une courte brochure, dont l'exemplaire déposé à la Bibliothèque nationale est peut-être unique aujourd'hui, salue comme un bienfait la suppression de l'École polytechnique. Le fougueux auteur, qui, s'il faut en croire le *Dictionnaire des Anonymes,* serait l'abbé de Lamennais, applaudit vivement à une mesure qui, « en attestant la gravité du mal, y applique le seul remède véritablement efficace. »

Le professeur de littérature était alors un poëte aimable, dont la parole sans fiel, mais non sans malice, a dans cette salle même, charmé plus d'une fois les esprits délicats. Son éminent successeur a pu dire de lui, sans rien sacrifier aux traditions de courtoisie académique : « Il m'est doux « d'avoir à louer devant vous un prédécesseur homme « d'esprit et de bien, homme de lettres véritable, que « notre puissante Révolution saisit un instant, emporta « au milieu des orages pour le déposer pur et irrépro- « chable dans un asile tranquille où il enseigna utilement « la jeunesse. »

Andrieux, en effet, au milieu des orages de la Révolution, avait accepté et rempli dignement un très-modeste rôle. L'auteur de la brochure, qui s'en souvient, le poursuit jusque dans l'asile où, pour délasser utilement une jeunesse studieuse, il commentait Corneille et Molière avec admiration, Jean-Jacques avec sympathie et Voltaire sans indignation. Son zèle amer le fait responsable de tout le mal, sans oser toutefois, car sa plume s'y refuse, transcrire les dégoûtants blasphèmes dont le bon Andrieux n'a pas

rougi de salir toutes les pages de ses livres, espérant
« que l'École polytechnique, organisée dans un nouvel
« esprit, offrira désormais à l'État, au roi, à la religion.
« aux mœurs, une garantie plus rassurante que l'influence
« d'un rimailleur philosophe ou d'un philosophe rimail-
« leur ».

Andrieux était un sage, sa douce philosophie méprisait
les injures, et ce grossier langage ne lui inspira pas même
une épigramme. Lamé fut moins patient; prenant en
main la cause de son École, il voulut, par le rapide tableau
d'un passé déjà glorieux, confondre le calomniateur. La
brochure qu'il composa fut jugée dangereuse et saisie. La
Bibliothèque royale elle-même n'en reçut pas d'exemplaire,
et les premières épreuves, conservées par la famille, sont
aujourd'hui tout ce qui en reste.

Les censeurs, heureusement pour eux, ne travaillent pas
pour la postérité ; elle aurait eu quelque peine à com-
prendre leur rigueur pour la première œuvre d'un esprit
très-brillant et très-fin, fort attentif déjà à garder la mesure, et incapable d'oublier la prudence.

Les six mois qui suivirent le licenciement furent, pour
Lamé, pleins d'inquiétudes et d'angoisses. L'avenir, assuré
la veille, devenait tout à coup incertain et précaire; il fallait gagner sa vie, et la situation de sa famille rendait tout
délai insupportable. « J'ai pleuré, écrit-il à la première page
d'un journal régulièrement tenu du 15 août au 14 octobre
1816, j'ai pleuré mes espérances entièrement déçues. » Il
court chez ses anciens maîtres pour demander aide et conseil. On lui propose la place de secrétaire d'un sous-préfet;
mais il faut de la discrétion, et, en toute matière, des opi-

nions conformes à celles du gouvernement. Il était fort in-
décis, quand le sous-préfet, après l'avoir vu, le trouva trop
jeune pour lui confier les secrets de son arrondissement.
On lui propose ensuite un emploi au Brésil. Il recevra,
pour se préparer, cent vingt francs par mois, et cela le
tente fort; mais il faut s'engager à savoir la chimie générale, à connaître les procédés d'extraction des terres et
alcalis, la métallurgie, l'exploitation des mines, l'art du
tanneur, l'art du potier, les procédés d'étamage des glaces,
la minéralogie, la botanique, la mécanique pratique, la
composition des couleurs, la préparation des tabacs, la
fabrication des chandelles et des bougies de cire, et la
langue portugaise. Dans son inquiétude il consulte Thénard
qui lui conseille de passer un mois dans une tannerie et de
beaucoup manipuler. Il préfère étudier d'abord la langue
portugaise, et, s'il faut en juger par quelques pages particulièrement confidentielles de son journal, correctement
écrites dans cette langue, il y fait de rapides progrès.
Tout en étudiant dans l'*Encyclopédie* l'art du tanneur et
celui du potier, il donne des leçons de mathématiques,
péniblement obtenues d'abord, et qu'on lui paye deux
francs. Mais les élèves sont de jour en jour plus nombreux,
et le succès devient *effrayant;* on le supplie d'accepter de
nouveaux élèves. Son esprit déjà inventif, en discutant
d'élégants problèmes, savait remonter aux théories géné-
rales, ingénieusement éclairées par des applications heu-
reuses et parfois agrandies par des rapprochements impré-
vus. Tel est le caractère de son premier écrit scientifique.

L'*Examen des différentes méthodes employées pour résoudre
les problèmes de géométrie,* très-rare aujourd'hui et très-jus-

tement prisé par les maîtres, fit partager au public le meilleur fruit de ces leçons si recherchées. Il a précédé, on ne doit pas l'oublier, la *Théorie des propriétés projectives* de Poncelet et l'*Aperçu historique* de M. Chasles. Ces deux grands maîtres de la géométrie moderne, en rencontrant Lamé au seuil des voies nouvelles, l'ont salué tous deux au passage. M. Chasles cite avec éloge la construction d'une surface du second ordre passant par neuf points, premier pas, dit-il, dans une voie devenue féconde, et Poncelet, en démontrant par ses méthodes un élégant théorème qu'il généralise, en attribue loyalement la découverte à Lamé.

Après une année d'attente et d'inquiétudes, les élèves licenciés, sans rentrer à l'École polytechnique, furent admis à subir leurs examens de sortie. Lamé, classé en tête de la liste, devint élève ingénieur des mines. Sans interrompre ses études mathématiques, il sut garder pendant trois ans, pour la théorie comme pour les applications, le premier rang dans sa promotion.

Le gouvernement russe, voulant fonder, en 1820, une école des voies de communication, en demanda les premiers maîtres à la France. La tradition et l'esprit de l'École polytechnique semblaient la meilleure des garanties et le plus désiré des modèles. Les professeurs de l'École des mines, consultés, désignèrent Lamé et Clapeyron, tous deux encore élèves ingénieurs. Ils acceptèrent sans hésiter, non moins désireux de faire honneur à la grande École, dont la bonne renommée était leur meilleur titre, qu'empressés de recueillir les avantages promis et la haute situation libéralement stipulée pour eux.

Beaucoup de science ne suffisait pas, le succès exigeait

un esprit judicieux et un talent flexible ; les cours de l'École polytechnique s'adressaient à des élèves d'élite, familiarisés dès longtemps avec les éléments. Il fallait, à Saint-Pétersbourg, réduire surtout les principes en exemples, éloigner les subtilités, et, préférant la clarté à la rigueur, guider les élèves vers l'application, non les armer pour la dialectique.

Un conseil supérieur, analogue à celui des ponts et chaussées en France, dirigeait et administrait les grands travaux publics. Les études et les rapports demandés à Lamé et à Clapeyron par ce conseil devinrent bientôt leur tâche principale ; comme sur les projets soumis à leur examen ils retrouvaient souvent la signature d'un ancien élève, ils purent juger leur enseignement par ses fruits et voir dans une entière évidence le succès pratique de leurs doctes leçons.

L'église Saint-Isaac, à Saint-Pétersbourg, commencée sur un plan modeste, avait acquis, avant l'achèvement des travaux, par suite des embellissements du quartier, une importance qu'on n'avait pas prévue. Un architecte français, Ricart de Montferrant, proposait, avec une hardiesse dont on s'alarmait, d'en accroître l'étendue et la magnificence en imposant des charges nouvelles aux fondations déjà préparées. On consulta Lamé et Clapeyron qui, non contents de comparer le projet aux règles classiques qu'ils enseignaient d'après leurs maîtres, voulurent, pour en mieux juger, en reprenant la théorie des voûtes dans ses principes, éprouver les règles elles-mêmes.

Depuis longtemps déjà l'art des ingénieurs et la pratique des architectes, mieux justifiés, il est vrai, par le succès

que par le raisonnement, permettaient de varier à l'infini
les dimensions et la forme de voûtes élégantes et solides ;
mais là ne saurait être le terme de la science. Lamé et
Clapeyron, sans abolir ces règles précieuses, mais suspectes
d'empirisme, espéraient les perfectionner, les expliquer,
les confirmer peut-être, par des lois rigoureuses et pré-
cises, moins désireux d'épargner quelques mètres cubes
de maçonnerie que d'accroître d'un beau problème le domaine de la géométrie et de la pure vérité.

Le mémoire des deux amis, envoyé à Paris, mérita les
louanges de Prony et obtint l'approbation de l'Académie
des sciences sans réussir à les satisfaire eux-mêmes. Plus
d'une objection les inquiétait encore, très-heureusement,
car, impatients de toute hypothèse et réunissant de nouveau leurs forces pour les écarter dès le principe, ils étu-
dièrent les lois jusqu'alors inconnues de la pression inté-
rieure dans les corps solides.

Un illustre ingénieur, membre de cette Académie,
Navier, avait essayé avant eux une théorie presque semblable, en la faisant reposer sur le même principe, malheureusement contestable. Lamé et Clapeyron admettaient,
en effet, comme Navier, que, à l'intérieur d'un corps solide
abandonné à lui-même, il n'existe aucune pression. Toujours prêtes à résister, les molécules, dans l'état naturel,
seraient sans action mutuelle, en repos par l'absence de
toute force, non en équilibre par leur mutuelle des-
truction : une force extérieure et un premier déplacement
seraient l'occasion nécessaire et l'origine de leur énergie.
L'incertitude visible de cette hypothèse est faite pour
laisser bien des doutes : elle n'altère pas heureusement les

formules finales. Lamé et Clapeyron n'avaient donc pas trop présumé de leurs forces; sans atteindre exactement le but, ils avaient rejoint sur la route et devancé, dès leurs premiers pas, un de leurs maîtres les plus éminents.

Deux ans après son arrivée en Russie, Lamé épousa une jeune Française, Mlle Bertin de Géraudan, qui, dans les modestes fonctions d'institutrice, avait su se concilier la respectueuse affection et mériter la haute estime de tous. L'aimable et excellent Xavier de Maistre, en servant de témoin à son mariage, s'efforça de lui faire oublier, par sa bonne grâce empressée, l'absence de sa famille et l'éloignement de sa patrie. Doublement attirée dès lors vers la maison hospitalière du jeune ingénieur, la colonie française, très-brillante alors à Saint-Pétersbourg, aimait à s'y réunir. Là se formèrent de précieuses amitiés qui suivirent en France M. et Mme Lamé; elles furent l'occasion et peut-être la cause de leur prompt retour.

Au mois de juillet 1830, la chute d'un trône mal affermi vint agiter et troubler l'Europe en effrayant tous les souverains. Chargé alors, depuis quelques mois, de visiter l'Angleterre pour étudier les progrès de l'industrie et rapporter en Russie les inventions nouvelles, Lamé trouva à son retour la société de Saint-Pétersbourg émue et troublée. Le gouvernement combattait les idées libérales avec une sorte de rage; son inquiète police trouvait des coupables partout. Suspects de sympathie pour une révolution détestée, les Français excitaient surtout sa défiance. Clapeyron, dénoncé pour avoir parlé trop librement, avait été envoyé *en mission* à Witegra, sur la route d'Arkhangel, pour surveiller des travaux qui n'étaient ni commencés ni projetés. Un cosaque qui l'y attendait, n'ayant pas d'instructions secrètes, lui communiqua sa consigne : elle était de lui obéir en tout dans l'intérieur du village, mais de tirer sur lui s'il tentait d'en sortir. De puissantes influences et le besoin qu'on avait de ses conseils réduisirent l'exil de Clapeyron à quelques mois. Vivement ému par la disgrâce de son ami et justement inquiet de l'avenir, Lamé écrivait à son père : « Reviendrai-je à Paris grossir la foule des solliciteurs et risquer la fortune ou la misère ? Il me semble difficile de me prononcer entre deux écueils également dangereux. Si je quitte la Russie, je perds toute espérance de pension pour l'avenir, et le sort de ma famille devient incertain et même effrayant. Si je reste, adieu la France, adieu la vie intellectuelle... Tu vois maintenant, ajoute-t-il, ce qui cause mes tourments et mes chagrins. Encore si ma santé ne me donnait pas aussi quelques inquiétudes, je pourrais essayer d'arriver à Paris avec ma femme et mes trois enfants. A force de soins et de persévérance, je parviendrais sans doute en quelques années à ramener dans ma famille un peu d'aisance et de bonheur ; mais quelques indispositions semblent m'avertir qu'une vieillesse prématurée m'empêcherait d'arriver au but. »

Il tint conseil avec Clapeyron. Après avoir longuement discuté le pour et le contre, et consulté *amis et docteurs*, ils envoyèrent leur démission, qui fut acceptée sans dédommagement.

Avant la fin de l'année 1831, les deux amis étaient de retour en France. Associés à deux ingénieurs de grand avenir, Stéphane et Eugène Flachat, Lamé et Clapeyron se tournèrent d'abord vers l'industrie en ne se proposant rien

de moins que de devenir pour les grandes entreprises les
conseils officieux du public et des compagnies. Nous nous
proposons, disent-ils dans un programme longuement mo-
tivé, de donner notre opinion sur l'utilité comme entreprise ou comme spéculation de tout projet de travail
public proposé, de provoquer l'examen et l'étude des travaux qui nous paraîtraient utiles, et de faire nous-mêmes
les études pour les compagnies qui nous en feraient la
demande. En s'adressant ensuite au gouvernement, ils
l'engageaient à entreprendre ou à subventionner pour deux
milliards de travaux exactement définis, savamment dis-
cutés, et dont un grand nombre, reconnus sages et utiles,
ont été réalisés depuis.

Il n'y avait pas apparence que des projets aussi lointains
absorbassent longtemps des esprits créateurs, impatients
et actifs. Lamé et Clapeyron devinrent ingénieurs du
chemin de fer de Paris à Saint-Germain. Ni la science des
vérités de pratique ne manquait à Lamé, ni l'attention
clairvoyante aux plus minutieux détails ; mais il avait de
grandes idées à produire et de beaux problèmes à résoudre : il voulut s'y appliquer tout entier. Après avoir terminé
ses études sur le terrain, et confiant dans le succès qui devait, dans un avenir éloigné il est vrai, assurer l'aisance de
sa famille, il renonça pour toujours à l'art de l'ingénieur,
et, changeant de carrière sans changer de dessein et de
but, il commença une vie nouvelle. Les suffrages de l'Académie des sciences, en l'appelant bientôt après à la chaire
de physique de l'École polytechnique, s'adressaient à un
éminent esprit plus encore qu'à un physicien éprouvé.
Lamé, pour marcher sûrement, commença, suivant sa cou-

tume, par rechercher la direction et la voie du progrès, Il reconnut l'exacte précision des faits ingénieusement classés dans des théories distinctes, souvent contraires, admirables quelquefois dans leur isolement, mais séparés par de profondes ténèbres. Pendant deux années de méditations solitaires, il étudia docilement les principes acceptés, en vit sur plus d'un point le désaccord, souvent la faiblesse, et ne voulut ni cacher ses doutes ni s'y résigner.

Lamé ne possédait qu'à un faible degré les qualités spéciales d'un professeur; la profondeur, dans ses leçons, nuisait à la clarté. Les élèves, cependant, le respectaient et l'aimaient, comme leurs anciens avaient aimé et respecté Ampère, très-justement, car si sa parole attentivement écoutée ne dissipait pas tous les nuages, si plus d'un passage de ses leçons lithographiées exigeait de longues lectures suivies avec ordre et renouvelées avec patience, nul ne lui contestait la solidité du savoir, l'élévation de la pensée et la force d'entraîner les esprits vigoureux ; on croyait, sans ironie pour personne, rendre un hommage flatteur à l'intelligence d'un camarade quand on disait de lui : « Il comprend son Lamé! » Lamé donnait parfois dans de trop hautes régions une trop abondante moisson, sans laisser un seul grain d'ivraie à rejeter, et, quand il racontait les expériences sans les reproduire, ceux qui, malgré leur zèle le suivaient d'un peu loin, n'en accusaient que leur faiblesse. Affectueux et cordial, non-seulement patient mais reconnaissant, quand on le consultait et lui demandait aide, Lamé faisait effort pour s'accommoder à la portée de chaque esprit; il montrait alors une science si précise, un esprit si habile à établir sur des preuves irréfragables

les vérités qui se démontrent, si ingénieux à évoquer des
ténèbres celles qui se devinent seulement, que, le trouvant toujours prêt et toujours convaincu, et le sachant
une des gloires du pays, l'élève se retirait fier de lui pour
son École, pénétré des grandeurs de la science, capable
d'en respecter les victoires et empressé à y applaudir.

L'administration des mines, sans pouvoir confier à Lamé
un service actif, conservait sur la liste des ingénieurs un nom
dont elle était fière. Il fut promu, en 1836, au grade d'ingénieur en chef. Les amis de Lamé retrouveront dans sa
lettre de remercîment au directeur général toute la modestie de son esprit et la chaleur généreuse de son cœur:

« C'est avec un sentiment de plaisir mêlé de surprise que
j'apprends, écrit-il, ma nomination au grade d'ingénieur en
chef. Cette nouvelle preuve de votre constante bonté à
mon égard me pénètre d'autant plus, que j'étais loin de la
prévoir. La part que j'ai pu prendre aux travaux du corps
des mines est si indirecte et si faible, que je pensais
n'avoir aucun droit à l'avancement. La vive reconnaissance
que j'éprouve est cependant accompagnée d'un sentiment
pénible, et je penserais manquer à un saint devoir si je ne
vous développais pas ici toute ma pensée.

« Sorti de l'École des mines avec M. Clapeyron, nous
avons supporté ensemble les peines d'un exil de onze
années ; nos travaux ont été longtemps communs ; nos noms
se sont toujours suivis lors de notre avancement à l'é-
tranger et en France, dans la promotion aux grades d'as-
pirant, d'ingénieur de seconde et de première classe. Je
m'étais ainsi habitué à recevoir des faveurs constamment
partagées par celui que tant de circonstances avaient fait

mon ami. En voyant nos noms séparés pour la première
fois, je ne puis m'empêcher de ressentir une peine d'autant
plus vive, que c'est moi qui profite de cet isolement, moi
surtout dont les droits me paraissent les plus douteux.
J'ose espérer de votre bon cœur que vous excuserez l'aveu
que je viens de faire : c'est un cri de douleur que ma vo-
lonté ne pouvait retenir. »

Dans un savant mémoire envoyé de Russie à l'Académie
des sciences sur la propagation de la chaleur dans les
polyèdres, Lamé, qui cette fois avait travaillé seul, en se
montrant familier avec les progrès les plus récents de la
science mathématique, faisait paraître, dès les premières
pages, cet esprit méthodique et patient qui, soigneux de
déblayer la route pour la parcourir jusqu'au bout, cherche
dans l'étude des questions particulières un point d'appui,
seulement pour s'élever plus haut et confirmer les principes.

« De toutes les équations offertes par l'analyse physico-
mathématique, dit-il, les plus simples sont celles qui expri-
ment les lois de la propagation de la chaleur dans les corps
solides homogènes : il y a tout lieu de croire, d'après cela,
qu'on ne parviendra à la découverte des équations inté-
grales qui représentent les phénomènes physiques d'un
corps solide de forme donnée, qu'en cherchant d'abord
celles qui appartiennent au phénomène particulier du
mouvement de la chaleur dans ce corps. S'il suppose le
corps solide polyédrique, c'est que cette forme, sans in-
térêt spécial pour les études calorifiques, doit au contraire
s'imposer quand, traitant la matière à un autre point de
vue, on se proposera, soit d'évaluer les efforts supportés

et les résistances offertes par les différentes parties d'une
construction, soit quand on arrachera à l'analyse le secret
de la double réfraction et de la polarisation, ou qu'on se
proposera d'étudier les conditions qui président à la for-
mation des cristaux. » Lamé révèle dans ces lignes l'espérance incessamment poursuivie et la pensée dominante de
son esprit. Il n'ignore pas, en esquissant le dénombrement
de ces hautes et difficiles questions réservées à l'avenir,
que ses juges, sur plus d'un point, croyaient en posséder
la solution. Il connaissait les admirables travaux de
Fresnel sur l'optique, et l'École des mines lui avait en-
seigné dans le détail les grandes vues d'Haüy sur la for-
mation des cristaux. Mais, en admirant l'élégance de ces
théories isolées, il n'y voyait rien de définitif; aucune
place ne leur était réservée dans l'édifice harmonieux
dont il esquissait le plan et auquel il a travaillé jusqu'à
l'épuisement de ses forces. La nature garde encore d'innom-
brables secrets. A la géométrie seule, il le disait hautement,
était réservée la gloire de les lui arracher tous ensemble.
De telles aspirations et de si hardies tentatives révélaient
tout au moins un esprit puissant et élevé : la nomination de
l'auteur d'un mémoire purement mathématique à la chaire
de physique de l'École polytechnique fut la marque flat-
teuse et méritée de la haute estime inspirée à l'Académie.
En poursuivant ses études sur la propagation de la chaleur,
Lamé présenta, peu de temps après son retour en France,
un mémoire sur les surfaces isothermes. Poisson, juge
souvent sévère, aperçut du premier coup d'œil la fécondité
de la méthode employée et le rare mérite de l'auteur.
Quelques semaines après la présentation du mémoire, un

rapport très-louangeur, sans l'être assez pourtant, l'avenir l'a prouvé, demandait l'insertion du mémoire dans le *Recueil des savants étrangers*. En résolvant, par une méthode dont aucun géomètre aujourd'hui n'ignore les détails, la question qu'il s'était proposée, Lamé ouvrait des voies nouvelles dans le calcul intégral, dans la géométrie et dans plus d'une branche de la physique mathématique. Une grande partie de son activité et son ardente curiosité tout entière resteront dirigées vers la physique, mais il pourra, dès ce moment, traiter d'égal avec les géomètres les plus illustres. Les géomètres, seuls juges en effet de la difficulté vaincue et de l'élégance des formules, pouvaient seuls admirer leur simplicité toujours croissante en approchant de la conclusion. A ceux qui, trouvant la géométrie trop prodiguée dans ces questions subtiles où la physique pure ne reçoit aucune utilité immédiate, demanderont pourquoi ce désir si curieux de calculer jusqu'à la dernière précision la loi des températures dans des conditions irréalisables, il faudrait répéter la belle et profonde réponse de Leibniz : le mémoire de Lamé perfectionnait l'art d'inventer. Cela est vrai à la lettre. Admiré il y a quarante ans pour la nouveauté de la méthode, le beau mémoire sur les surfaces isothermes est aujourd'hui un chef-d'œuvre classique, et les coordonnées curvilignes dont il enseigne et organise l'emploi, armes puissantes et souvent éprouvées depuis, ont triomphé sur toutes les voies de la science.

Les applaudissements immédiats ne lui firent pas défaut et les rapides succès de la féconde méthode vinrent, en les justifiant, en relever singulièrement le retentissement et l'éclat. M. Liouville, en réimprimant avec empressement le mémoire de Lamé pour les lecteurs de son journal, en signalait chaleureusement l'importance. L'illustre Jacobi, dont le génie mathématique n'a été surpassé en aucun temps, ayant donné pour fondement à l'une de ses découvertes les transformations employées par Lamé, en prenait occasion pour saluer dans l'inventeur de la méthode un des *mathématiciens les plus pénétrants*. M. Chasles obtenait, en la transportant à la théorie si souvent étudiée de l'attraction des ellipsoïdes, des démonstrations et des résultats admirés comme un modèle d'élégance et de généralité. M. Liouville, après avoir rappelé, en esquissant l'histoire de la théorie de l'équilibre des mers, que « les progrès continus de l'analyse rendent souvent accessibles au bout d'un temps très-court les problèmes que l'on avait, au premier aperçu, regardés comme insolubles, » déclarait, en terminant devant l'Académie la lecture de son propre mémoire, que, « en ayant recours à certaines fonctions heureusement introduites en analyse par M. Lamé à l'occasion d'un problème relatif à la théorie de la chaleur, il avait réussi, en quelque sorte, à ajouter un chapitre nouveau à la mécanique céleste ». M. Kirchoff, à son tour, en étudiant le mouvement de l'électricité dans une plaque conductrice, retrouvait, en changeant seulement la signification des lettres, les formules données par Lamé. Lamé enfin, persévérant dans sa propre voie, y rencontrait, comme corollaire étroitement uni à l'étude de la chaleur, la grande théorie qui, vingt ans avant, avait immortalisé le nom d'Abel et commencé la gloire de Jacobi.

Si, franchissant enfin plus de quarante années, nous ouvrons les Comptes rendus des séances de l'Académie des sciences pour le second semestre de 1877, nous y trouvons deux beaux mémoires, l'un dans lequel M. Hermite généralise l'étude d'une équation dont l'intégration, dans un cas particulier, a été « l'une des plus belles découvertes auxquelles est attaché le nom de Lamé », l'autre de l'éminent géomètre italien, M. Brioschi, intitulé : *Sur l'équation de Lamé*.

Aux yeux de Lamé, la science était une, et les rapprochements, même dans les seules formules, entre des théories encore distinctes étaient l'indice certain d'une doctrine plus générale qui doit un jour les embrasser toutes. La distinction entre les mathématiques pures et les mathématiques appliquées était, à ses yeux, dangereuse et fausse. Le progrès de l'analyse, suivant lui, doit toujours, en effet, tendre aux applications, naître à leur occasion, les annoncer quelquefois, sans pouvoir, dans la marche nécessaire de la science, les devancer de beaucoup. La rénovation de la physique devait être infailliblement l'œuvre glorieuse de la géométrie, et, si l'expérience doit conserver l'avantage d'être la seule base solide de toute vérité physique, le raisonnement et le calcul, en s'appuyant sur elle, s'élèvent plus haut et portent plus loin. Ils ne créent pas la lumière, mais ils la dirigent; sans eux, on marche dans les ténèbres. Loin de se prêter à toutes les hypothèses, c'était l'ardente conviction de Lamé, l'analyse mathématique reste impuissante et stérile tant qu'on n'a pas trouvé les vrais principes. Le droit chemin, pour elle, par une heureuse fortune, est le seul praticable ; elle ne l'enseigne pas, mais, en l'éclairant, elle lui sert d'épreuve.

Tel était souvent son langage, telles furent constamment

ses maximes: à elles seules il reportait l'honneur de ses plus brillants succès.

Parmi les travaux mathématiques de Lamé, fruits spontanés pour ainsi dire d'un esprit rigoureux et subtil, il faut citer au premier rang son mémoire sur le théorème si rebelle de Fermat dans le cas où l'exposant est égal au nombre sept. Ce beau travail inscrivit son nom dans un chapitre singulier de l'algèbre dont l'effort infructueux et souvent renouvelé des plus grands géomètres fait la célébrité et toute l'importance. Sur ce terrain de difficile accès, que, sur les traces de Lagrange, d'Euler, de Legendre, de Dirichlet et de Cauchy, il traversa seulement sans vouloir s'y fixer, on peut dire qu'entre tant d'illustres émules, aucun n'a conquis une parcelle plus importante et plus nettement définie.

Un problème très-élémentaire, très-simple en apparence, fit paraître, bientôt après, la flexibilité de son talent. Segner l'avait proposé au siècle dernier, et deux formules très-différentes, dont la plus élégante était due à Euler, devaient nécessairement fournir des résultats identiques; mais cette identité n'était pas facile à établir. Un géomètre, dont l'admirable dévouement à propager la science et l'ardeur à provoquer les travaux d'autrui laissaient oublier quelquefois toute l'originalité, Olry Terquem, y était parvenu par une voie longue et détournée. Il proposa le problème à M. Liouville, qui le communiqua à divers géomètres; aucun d'eux ne put le résoudre. Lamé fut plus heureux, et il envoya la solution le lendemain du jour où il connut l'énoncé. Le premier rang dans cette petite lutte, à laquelle prit part très-brillamment aussi notre confrère

Binet, ne lui était pas cependant réservé; la solution élégante de Lamé vint réveiller un esprit éminent, depuis longtemps oublieux de la science. Olinde Rodrigues, dans une note de quelques pages, sut rappeler à ses anciens condisciples, devenus de grands maîtres, qu'autrefois, au lycée, il marchait à leur tête, et que, s'il le voulait, il redeviendrait leur égal.

La géométrie pure a toujours charmé et attiré Lamé mais comme aux jours de son enfance, dans l'étude de Mr Dupont, il croyait en s'y livrant, interrompre et négliger sa tâche. Son génie était là cependant, il y sentait sa force, et, comme au premier jour, la séduction était irrésistible. S'il y cédait sans trop de résistance, s'il ne repoussait pas une distraction aimée, c'est que, bien loin de relâcher son esprit par un inutile divertissement, en perfectionnant l'instrument universel dont toutes les sciences exactes doivent dépendre un jour, il accroissait ses forces et les renouvelait pour les tourner de nouveau à l'avantage de la physique.

Après en avoir revu et ordonné toutes les parties dans son cours de l'École polytechnique, il n'estimait pas qu'un livre net concis, exact et profond, l'eût suffisamment acquitté envers elle. Il voulait en toutes choses remonter aux principes et tout déduire d'eux par le pur raisonnement : « Lorsqu'un principe général est découvert, disait-« il, les applications de la science en sont les conséquences « logiques, et c'est le raisonnement qui doit conduire à de « nouveaux progrès. Au lieu de suivre péniblement la « route que la science a suivie pour s'élever de découverte « en découverte jusqu'au principe qui le résume, il faut

« s'élancer en sens contraire, descendre du principe aux
« faits particels. Leur étude devient plus simple et plus
« complète; ce qui était obscur lors de la marche ascen-
« dante est alors éclairé d'une vive lumière, et les doutes
« disparaissent par l'infaillibilité du raisonnement. »

Pour plus d'une science malheureusement, pour celle
surtout que Lamé avait en vue en écrivant ces lignes, le
drapeau arboré avec tant de confiance restera bien longtemps celui de l'avenir. Elles sont extraites, en effet, d'une
brochure publiée en 1848 : *Esquisse d'un traité de la Répu-
blique*.

Nommé en 1850 professeur à la Faculté des sciences de
Paris, il eut dès lors, dût-il y épuiser ses forces, à partager son zèle entre deux préoccupations : discuter avec les
ressources de la science la plus haute les principes des
théories physiques, et préparer un auditoire capable de les
juger et digne de suivre ses traces.

Soumis à toutes les exigences de la règle, Lamé, pour
obéir aux programmes réglementaires, dut enseigner d'a-
bord la théorie des chances et le calcul des probabilités.
Son esprit généralisateur et subtil était particulièrement
propre à recueillir et à provoquer une riche moisson sur ce
terrain si périlleux et si vaste. Une courte note, insérée
dans le *Journal de mathématiques* par un de ses auditeurs
les plus zélés, reste la trace unique, mais durable, de ce trop
rapide enseignement. La généralisation d'un théorème
classique obtenue par Lamé avec son élégance et son habi-
leté analytique accoutumée, est réduite à l'évidence la
plus intuitive par Émile Barbier, qui, enlevé trop tôt à la
science et à ses amis, a su, par ce travail très-modeste et

très-court, donner aux meilleurs juges les plus hautes espérances, et accroître les vifs regrets de ses maîtres.

La chaire de Lamé, bientôt transformée et consacrée tout entière à la physique mathématique, fut l'occasion et l'épreuve de tous ses travaux ultérieurs. Il voulait avant tout rapprocher et unir les principes. Quand les théories isolées et indépendantes demandent le progrès à des hypothèses diverses, les plus brillants succès ne sauraient éblouir jusqu'à justifier les contradictions.

« Vous n'ignorez pas, disait un examinateur interrogeant un candidat sur la théorie de la chaleur, qu'il existe un fluide nommé éther ? — Certainement, répondit l'élève, mais c'est dans la théorie de la lumière. » Cette naïve réponse trahit aujourd'hui encore l'état de la science sur plus d'un point. Des indices trop certains pour laisser place au doute révèlent l'existence de l'air. On le voit agiter les feuilles d'un arbre ; on l'entend siffler dans ses branches ; on comprend qu'il résiste aux ailes d'un oiseau, et, en affirmant que l'air existe, nul n'est tenté d'ajouter : *en physique seulement*. Aucune main n'a touché l'éther, aucun œil ne l'a vu, aucune balance ne l'a pesé. On le démontre, on ne le montre pas ; il est pourtant aussi réel que l'air, son existence est aussi certaine : si j'osais dire qu'elle l'est davantage, on m'accuserait d'exagération. Lamé, cependant, m'y aurait encouragé. Quoi qu'il en soit, toutes les écoles sur ce point sont d'accord. Fresnel a poussé la démonstration jusqu'à la complète évidence : il a fait plus que convaincre ses adversaires, il les a réduits au silence. L'univers est rempli par l'éther ; il est plus étendu, plus universel et peut-être plus actif que la matière pondérable : il livre

passage aux corps célestes sans leur résister ni les troubler,
et vibre librement dans la profondeur des corps diaphanes.
Comment croire que ce fluide, dont l'intervention accorde
et concilie jusqu'aux moindres détails les faits relatifs à la
lumière, n'intervient pas dans les phénomènes calorifiques; que, mêlé aux molécules matérielles, il n'influe
pas sur l'élasticité; et que, présent aux actions électriques,
il n'y joue cependant aucun rôle? Il est, disait Lamé, le
véritable roi de la nature physique; mais, en faisant de son
avénement la grande préoccupation de sa vie, Lamé
reconnaissait qu'on le retarderait indéfiniment peut-être,
en voulant le couronner dès aujourd'hui. « Rivés que nous
« sommes, disait-il, à la matière pondérable, placés sur
« l'une des îles de l'élément éthéré, étudions d'abord les
« vallées, les baies, les ports, les marées du nouvel élé-
« ment, les vents qui l'agitent, les vagues, les déjections
« de toute sorte, avant d'essayer d'y voguer à pleines
« voiles; rectifions nos instruments, purifions notre équi-
« page, n'entreprenons rien de douteux, rien d'indéter-
« miné. »

« Soyez bien convaincus, disait-il un autre jour à ses
« auditeurs, que vos travaux tendent infailliblement,
« comme ont fait les nôtres, vers la découverte du principe
« universel de la nature physique; mais, éclairée par cette
« conviction qui nous manquait, votre marche sera beau-
« coup plus rapide que la nôtre : vous éviterez facilement
« les retards, les longueurs, les généralisations incidentes.
« Et d'abord, soyez toujours au courant des lois qu'il
« s'agit d'expliquer, établies par les physiciens, les chi-
« mistes, les cristallographes et les géologues; connaissez

« aussi les écarts et les anomalies de ces lois, érudition
« qui souvent nous a manqué. Ensuite, sachez manier tous
« les instruments des sciences exactes, sans exception et
« aussi sans exagération. Arrêtez-vous pour chacun d'eux
« un peu au-delà du point marqué par la dernière appli-
« cation. Recueillez ainsi toutes les méthodes analytiques,
« géométriques, cinématiques, utilisées par vos prédéces-
« seurs. C'est surtout lors de cet approvisionnement que
« les retards sont menaçants. Qu'une méthode préférée
« vous retienne, vous absorbe, vous l'étendez par des
« généralisations non encore réclamées et vous oubliez le
« reste. La variété des préférences peut aussi partager
« votre groupe en plusieurs camps différents, exclusifs,
« sinon hostiles, et les retards s'accumulent. Enfin qu'arri-
« vera-t-il si chaque camp imagine de désigner les autres
« géomètres par quelque épithète dépréciante, par exem-
« ple si le camp de l'analyse pure appelle *rayon de courbure*
« ceux qui étudient les surfaces ou les courbes, si le camp
« de la géométrie pure croit amoindrir, annihiler ses adver-
« saires en disant avec dédain : Ce ne sont que des analystes?
« Ce qui arrivera, nous allons vous le dire : quelque pion-
« nier vagabond, convaincu que la découverte dont il s'agit,
« comme toutes les grandes applications connues, ne peut
« surgir que d'un mélange harmonique de l'analyse et de la
« géométrie, extraira de vos travaux isolés les choses con-
« venables; puis un beau jour, dans le fossé qui sépare les
« deux camps, et à leur barbe, il dénouera le nœud gordien.
« Que cet adroit conquérant, d'une seconde gloire new-
« tonienne soit l'un des vôtres resté prudemment en dehors
« des fortifications, ou l'un des élèves du nouvel enseigne-

« ment, ou tout autre, qu'il soit Italien ou Français,
« Anglais ou Allemand, Polonais ou Russe, cela nous serait
« parfaitement égal, car la découverte serait faite. Alors la
« science humaine, possédant le principe de la nature phy-
« sique, marcherait à grands pas vers celui de l'organisme,
« et tous les savants seraient bien obligés de se ranger
« sous la nouvelle bannière. »

C'est dans ce style pénétrant et ému, et toujours avec
la même force, que Lamé, chaque année, se livrait sans ré-
serve à son auditoire, et, relevant, comme Pascal, le cou-
rage de ceux qui n'osent rien inventer en physique, il
savait leur inspirer de hauts desseins et les exhorter à un
grand effort. Par un privilége singulier et presque unique,
Lamé savait joindre ensemble, dans un même enseignement,
les promesses infinies, mais vagues, de l'avenir et la plus
rigoureuse précision dans le présent. Dès la seconde leçon
de son cours, en effet, il entrait dans le particulier des
théories et des principes mathématiques. Une petite pha-
lange, entraînée par son ardeur, soutenue par ses convic-
tions, toujours dévouée, souvent enthousiaste, était initiée
et pliée à la discipline sévère des mathématiques. La porte
s'ouvrait à tous, mais nul n'osait entrer sans être géomètre, et, confiant ou non dans le parfait accomplissement
de ses chères espérances, on savait que, pour les théories
physico-mathématiques, il n'était pas d'école plus profi-
table, de critique plus savante et plus fine, de maître
plus patient et plus docte. Quatre ouvrages excellents et
profonds, classiques aujourd'hui sans distinction d'écoles,
restent le fruit précieux de cet enseignement. Lamé ne s'y
montre pas inférieur à son sujet. Ils n'étaient cependant

pour lui qu'un commencement et comme une reconnaissance incomplète de la terre promise.

De tels livres ne s'analysent pas. Comment, cependant,
ne pas rappeler, en empruntant les expressions mêmes de
notre regretté confrère M. Combes, « la magnifique solution
du problème de la déformation d'une sphère élastique,
pleine ou creuse, sollicitée par des forces distribuées d'une
manière quelconque à la surface? »

Par une contrariété parfaitement sincère chez ce grand
et noble esprit, Lamé restait modeste jusqu'à l'humilité
en prisant très-haut ses ouvrages. Comme il excellait à
pressentir tous les mérites pour les caractériser à l'avance
avec une précision hardie, il se jugeait comme il jugeait
les autres. Il ne s'efforçait pas, à la façon de Descartes, qui
n'y réussissait guère, de pencher du côté de la défiance ;
il y inclinait naturellement, s'attachant volontiers à comparer chez lui-même ce qu'il appelait sa faiblesse à l'im-
mensité de l'œuvre entreprise.

Enthousiaste de l'avenir et ne donnant pas de bornes à
ses espérances, son but était trop haut pour que les efforts
réunis de plusieurs générations puissent réussir entièrement à l'atteindre. Toute supériorité était accueillie par
lui comme un secours et saluée comme une espérance ;
tout progrès, petit ou grand, apporté à la science pure,
considéré comme un pas assuré vers le point culminant, où
les voies les plus diverses dans le domaine mieux connu
du vrai devront forcément aboutir.

Le souvenir de Lamé reste pour ses disciples entouré
de reconnaissance, d'admiration et d'ineffaçables regrets.
Parmi les investigateurs des ressorts secrets de la nature,

aucun n'a regardé plus haut et visé plus loin, aucun n'a mis avec plus de persévérance au service d'une imagination plus brillante et plus nette des études plus profondes et plus larges, aucun n'a su manier avec une dextérité plus ingénieuse le plus subtil, sans contredit, et le plus puissant, à ses yeux, des instruments de succès, je veux dire l'analyse mathématique. Mais, semblable à un capitaine qui lancerait ses troupes à l'assaut avant que la brèche soit ouverte, Lamé a seulement préparé la victoire. Le jour où elle viendra, quel que soit le triomphateur, réalisera ses espérances et son vœu le plus cher. Il est mort littéralement à la peine, plein de foi dans la vérité entrevue, en conjurant ses disciples de hâter, en y pensant sans cesse, le jour certain pour lui, où en venant renouveler et simplifier les lois physiques, la géométrie fera sortir d'une même source toutes les vérités, en apparence seulement si diverses, que le temps a révélées d'âge en âge.

Paris. — Typ. Firmin-Didot et Cⁱᵉ. imp. de l'Institut. rue Jacob. 56.   6672.

www.ingramcontent.com/pod-product-compliance
Lightning Source LLC
LaVergne TN
LVHW020628180726
843502LV00006B/1925